CONGRÈS INTERNATIONAL DE L'ASSISTANCE PUBLIQUE

QUATRIÈME QUESTION

DE L'ORGANISATION

DE

L'ASSISTANCE MÉDICALE DANS LES CAMPAGNES

(FRANCE)

Théophile ROUSSEL, Rapporteur

Il y aura bientôt cent ans que l'obligation légale d'une organisation générale des secours publics a été inscrite dans la première constitution de la France démocratique. Cette prescription dépourvue de sanction pratique, reste encore un sujet de dissentiment entre ceux qui réclament la pratique de la Fraternité, au même titre que celle de l'Égalité et de la Liberté, comme conséquence de la Révolution française, et les esprits plus prudents qui voient dans l'application des principes d'assistance publique de 1791, un danger aussi grand pour le progrès moral que pour la prospérité matérielle de notre pays.

Nous ne rappelons ces difficultés qu'afin de les écarter, dès à présent, de la question particulière et nettement limitée dont l'examen est proposé au Congrès par son Comité d'organisation. S'il fallait invoquer un précédent législatif, nous rappellerions seulement l'article 18 de la loi du 24 Vendémiaire an II, en vertu duquel *Tout malade domicilié ou non, qui sera sans ressources, doit être secouru ou à son domicile de fait ou dans l'Hospice le plus voisin.* Noter que dans les proportions étroites de cette prescription humanitaire, l'assistance légale n'est pas organisée en France, c'est, sans contredit, marquer une lacune choquante dans les lois d'un État républicain. Il ne s'agit pas cependant, dans la question proposée au Congrès, de chercher à combler cette lacune d'une manière absolue, mais seulement d'assurer aux indigents, frappés de maladies accidentelles ou aiguës dans les campagnes, les secours médicaux qui leur manquent dans près de la moitié de nos départements. L'urgence et l'intérêt d'un tel programme se justifient par de simples raisons d'utilité publique et de bonne économie sociale, et le devoir d'humanité qui s'y ajoute par surcroît est lui même de toute évidence. C'est pourquoi l'auteur du présent Exposé a obtenu sans peine, il y a dix-sept ans, que l'Assemblée nationale concentrât sur ce sujet particulier l'examen des questions d'assistance publique soulevées devant elle. Le Congrès pourra le traiter, à son tour, en écartant toutes discussions de principes et de doctrines, aussi bien que tous détails rétrospectifs, autres que ceux qui ont trait à la tentative parlementaire qui vient d'être rappelée et qui peuvent aider au succès d'un effort plus décisif. Il faut ne pas perdre de vue, en effet, que le but proposé en ce moment est d'aider à la préparation d'une loi dans des conditions nouvelles, mais non exemptes des anciennes difficultés.

Un changement d'importance considérable pour l'avenir des institutions d'assistance et d'hygiène publique en France, s'est opéré depuis peu dans le gouvernement par la concentration au Ministère de l'intérieur, en un grand service unifié, de tous les services d'assistance et d'hygiène dispersés jusques là dans divers bureaux et départements ministériels. Un décret du 14 avril 1888 a complété cette réforme par l'institution d'un Conseil supérieur de l'Assistance publique. Enfin, le 10 juin suivant, un arrêté du Ministre de l'intérieur a renvoyé à l'examen de ce Conseil un rapport du chef du nouveau service d'Assistance publique, dans lequel il est établi :

« 1° Que le service de médecine des indigents n'est institué que dans quarante-quatre départements, et que ce service ne s'y étend pas à toutes les communes. 2° Qu'actuellement c'est un fait licite, pour les autorités locales, que d'abandonner à lui-même, sans médecin, sans médicaments, un indigent en proie à une maladie qui met ses jours en danger. »

M. le Directeur Monod ne s'occupe, comme nous l'avons fait devant l'Assemblée nationale, que du seul intérêt social ; il n'invoque que des arguments économiques et il demande en terminant son rapport : « qu'un minimum obligatoire d'assistance médicale soit assuré par la loi, sous les réserves suivantes, à savoir :

« 1° Que la liste des indigents appelés à bénéficier de l'assistance soit dressée avec un soin scrupuleux; qu'elle soit exactement contrôlée et toujours révisable; qu'en cas de dissimulation un recours soit exercé à l'égard des malades solvables ou des personnes tenues vis-à-vis d'eux à la dette alimentaire;

« 2º Qu'il soit laissé aux départements et aux communes, pour le choix des moyens d'application, toute la latitude compatible avec un fonctionnement effectif de l'assistance médicale;

« 3º Que, toutefois, un règlement soit élaboré par le Conseil supérieur, spécifiant un minimum d'exigences auxquelles les départements seraient tenus de satisfaire. »

Ces conclusions et le document d'où elles proviennent ont été, au Conseil supérieur, l'objet d'un examen dont les résultats ont été exposés dans un rapport très étudié de M. le Dr Dreyfus-Brissac. Ce Rapport a été mis en discussion le 1er février dernier. Les résolutions adoptées à la suite du débat peuvent être considérées comme offrant au Congrès le texte le plus convenable pour ses propres délibérations. Voici les dix articles dont se compose ce texte :

« 1º Les communes, à défaut de la famille, doivent l'existence aux nécessiteux malades qui y ont leur domicile de secours. Plusieurs communes peuvent s'associer en syndicat pour remplir ce devoir social.

« 2º Il doit exister, dans chaque commune ou syndicat de communes, un bureau d'assistance publique.

« 3º Dans chaque département, le conseil général détermine, par un règlement, au mieux des convenances locales, le mode de fonctionnement du service de l'assistance médicale des indigents. Ce règlement doit être approuvé par le ministre de l'intérieur, après avis du Conseil supérieur de l'Assistance publique.

« 4º Les communes ou syndicats de communes qui justifient remplir, d'une manière complète, leur devoir d'assistance envers leurs indigents malades, peuvent être autorisées, par une décision spéciale du ministre de l'intérieur, rendue après avis du Conseil supérieur, à avoir une organisation spéciale.

« 5º Chaque année, le conseil général fixe la part contributive des communes dans les dépenses d'assistance de leurs malades indigents, et la part contributive du département.

« Il devra tenir compte des ressources de chaque commune et du nombre d'indigents porté par elle sur la liste de ceux qui devront recevoir gratuitement les secours médicaux ou pharmaceutiques.

« 6° Les dépenses qui résultent pour les communes de l'application de l'article précédent, sont obligatoires et peuvent être imposées d'office, conformément à l'article 149 de la loi du 5 avril 1884.

« 7° La liste des indigents admis à recevoir gratuitement les secours médicaux et pharmaceutiques est préparée par le bureau d'assistance publique et arrêtée par le conseil municipal.

« 8° Au cas où un département n'aurait pas, dans le délai fixé, organisé son système d'assistance, le gouvernement doit lui imposer un règlement.

« Les dépenses résultant, pour les départements, de l'application du règlement fait par le conseil général ou imposé au département par le gouvernement, en exécution du paragraphe précédent, sont obligatoires pour lesdits départements et peuvent leur être imposées d'office dans les conditions de l'article 61 de la loi du 10 août 1871.

« Il y a donc lieu de préparer, à cet effet, un règlement modèle.

« 9° En ce qui concerne les secours à domicile, le Conseil recommande, dès à présent, les principes sur lesquels repose le système dit vosgien.

« 10° L'assistance médicale doit être organisée de telle sorte que chaque commune soit rattachée à un dispensaire ou à un hôpital.

« Les malades ne doivent être hospitalisés qu'en cas de nécessité. »

Ces conclusions reposent assurément sur les meilleures données de l'expérience. Il reste à voir si elles forment un programme complet et suffisant pour la préparation d'un projet de loi. Il convient donc de les placer en regard des précédents législatifs et des documents parlementaires récents auxquels il a été fait allusion plus haut.

Les services d'assistance médicale actuellement existants, dont le premier exemple notable remonte à 1810 et a été donné par le département du Bas-Rhin, ont ce trait commun d'être facultatifs et de fonctionner en dehors de la loi ; de là leur diversité qui résulte généralement de la nature des choses et doit être respectée ; mais de là aussi l'instabilité, l'insuffisance de beaucoup d'entre eux et surtout l'impossibilité d'étendre le bienfait de ces services aux parties du territoire qui en auraient le plus grand besoin.

La nécessité de l'obligation légale est ressortie clairement de la grande enquête ouverte en 1847 par M. de Salvandy, et qui a donné lieu au rapport mémorable de M. Beugnot et à un projet de loi dont les événements politiques interrompirent la discussion ; à cette occa-

sion, il vint, notamment d'Alsace, d'où nous était venu le premier modèle d'un service départemental d'assistance médicale, un document
qui signalait d'avance, comme un vice capital de l'organisation générale projetée par le gouvernement, le *caractère non obligatoire
du service pour les communes rurales.* « Ces communes, disait la
Faculté de médecine de Strasbourg, seront rarement disposées à
faire des sacrifices pour le service médical des indigents ; il est
difficile d'en douter quand on examine ce qui se passe dans l'instruction primaire et le sort de cette instruction serait bien com-
promis, si la dépense qui la concerne devenait facultative au lieu
d'être obligatoire. Les communes les plus pauvres, qui auraient le
plus besoin du service, en seraient privées. »

Ces paroles s'appliquent encore avec toute leur force à la situation
actuelle ; elles furent perdues de vue dans les travaux législatifs auxquels les noms de Coquerel, de Dufaure, de Thiers sont attachés
et qui sont demeurés sans résultat, à cause des questions sociales
soulevées par un programme d'assistance trop complexe et au
milieu duquel la question particulière qui nous occupe était comme
perdue.

Après l'avènement de la 3ᵉ République, le 31 août 1871, un membre de l'assemblée nationale, M. Lestourgie, tenta le premier de
ramener l'attention sur cette partie pratique du programme, en
demandant la nomination d'une commission pour « *étudier les
moyens d'organiser l'assistance publique dans les campagnes* ». A peine
nommée la Commission parut tentée d'élargir son champ d'études ;
elle ouvrit une enquête sur tous nos services d'assistance, et l'un de
ses membres, par elle choisi pour rapporteur, M. Eugène Tallon, lui
présenta, le 25 mars 1872, une *proposition de loi ayant pour objet
l'organisation générale de l'assistance publique et l'extinction de la
mendicité !* C'est dans ces conditions et pour ramener la Commission parlementaire à son seul programme utile, que le 9 juillet
suivant, fut présentée par nous une proposition, préparée en colla-
boration avec notre honorable et regretté collègue le Dʳ Morvan, et
ayant pour objet *l'organisation de l'assistance médicale dans les
campagnes et dans les localités dépourvues d'un service public de
secours médicaux pour les indigents* »

C'est sur cette proposition que se concentra définitivement
le travail de la Commission de l'Assemblée nationale, et c'est
elle encore qui a servi de programme à la Commission de la
Chambre des députés, dont M. Richard Waddington a été le

rapporteur et qui reprit l'œuvre commencée par l'Assemblée nationale.

M. Eugène Tallon, dans son rapport, déposé le 4 août 1874, après avoir loyalement reconnu que sa proposition « *présentait un cadre trop général* » résumait la nôtre en ces termes : « Cette proposition fort importante, repose en principe sur l'obligation de l'assistance médicale ; elle pose les bases de son organisation dans chaque commune ; elle étudie ensuite les ressources multiples de l'assistance et règle les conditions financières qui assureraient le fonctionnement de ce grand service public ; elle formule enfin, en l'appuyant de documents précieux à consulter, un projet de loi en douze articles, s'appliquant à l'organisation du service médical dans ses diverses branches : visites à domicile, médicaments, service des accouchements et de la vaccination ».

Cette proposition de loi, après avoir subi quelques modifications de détail, fut votée au commencement de 1875, en première lecture. La discussion de la Constitution et les luttes politiques qui absorbèrent le reste de l'année n'en permirent pas le vote définitif.

L'année suivante, à la Chambre des députés, M. Richard Waddington reprit le texte de la Commission de l'Assemblée nationale et, de notre côté, nous crûmes devoir reproduire le texte que nous avions présenté le 9 juillet 1872, et sur lequel, dans son rapport déposé le 14 novembre 1876, M. Richard Waddington s'est exprimé ainsi : « Le projet de M. Roussel fournit un élément d'autant plus important au débat qui va nous occuper que le projet de M. Tallon reproduit, sur la plupart des points, la proposition de notre collègue et n'en diffère que sur des points de détail. Aussi ne sera-t-on pas surpris de trouver dans ce rapport des citations fréquentes de l'Exposé des motifs si complet de M. Roussel et de voir ses conclusions se confondre dans l'ensemble avec les nôtres ». — Il suffira d'ajouter à ces citations les textes soumis aux délibérations de l'Assemblée nationale et de la Chambre des députés pour que l'on reconnaisse que ces assemblées ont été, de 1872 à 1877, en présence d'un seul et même programme d'organisation de l'assistance médicale dans les campagnes. On pourra ensuite, en rapprochant ces textes législatifs des conclusions adoptées par le Conseil supérieur d'assistance, se prononcer sur la question de savoir si ces conclusions fournissent un programme suffisant pour la préparation d'un nouveau projet de loi.

Voici le texte de la proposition présentée par nous, le 9 juillet 1872 :

ARTICLE PREMIER

Un service d'assistance médicale des indigents sera organisé dans toutes les communes de France qui en sont privées.

ART 2

Chaque commune devra affecter au service de l'assistance médicale des indigents une somme égale au moins au produit de deux centimes additionnels au principal des quatre contributions directes. Cette somme sera prise, s'il y a lieu, sur les revenus ordinaires de la commune. Dans les communes qui possèdent un bureau de bienfaisance ou un hospice, il sera fait sur le revenu de ces établissements un prélèvement en rapport avec les ressources de leur budget.

En cas d'insuffisance ou d'absence des ressources précédentes, la commune est tenue de s'imposer jusqu'à concurrence, s'il en est besoin, de deux centimes additionnels spéciaux au principal des quatre contributions directes.

ART. 3

Le département devra venir en aide aux communes dans lesquelles la contribution communale de deux centimes ne suffirait pas à l'organisation du service de l'assistance médicale. Il devra s'imposer, au besoin, pour ce service, d'une somme égale au moins au produit d'un centime départemental. Cette somme sera prise sur les ressources ordinaires; si elles sont insuffisantes, il sera voté un centime additionnel spécial.

ART. 4

L'État viendra au secours des départements dans lesquels les contributions communale et départementale ci-dessus fixées ne suffiront pas pour l'organisation de l'assistance médicale des indigents. La subvention de l'État sera calculée de façon à assurer le fonctionnement de ce service.

ART. 5

Dans les trois mois qui suivront la promulgation de la présente loi, les Conseils municipaux seront appelés à délibérer sur l'organisation de l'assistance médicale des indigents de chaque commune. Une commission d'assistance composée du maire, président, du curé et, dans les communes qui ont plusieurs cultes, d'un ministre

BIBLIOTHÈQUE NATIONALE — R. F. — IMPRIMÉS

de chacun de ces cultes; du médecin ou d'un délégué des médecins de la commune; d'un membre du bureau de bienfaisance et d'un membre de la Commission de l'hospice, là où ces établissements existent, et de deux membres du Conseil municipal nommés par ce conseil, sera chargée de préparer un plan d'organisation de l'assistance médicale, et de s'entendre avec les Commissions instituées dans les communes voisines, lorsqu'il y aura lieu de réunir plusieurs communes pour former une circonscription.

Les décisions desdites Commissions seront soumises à l'approbation des Conseils municipaux. En cas de désaccord entre les communes appelées à former une même circonscription, les difficultés seront soumises d'abord au Comité cantonal d'assistance qui donnera son avis, et ensuite au Conseil général qui statuera. Le Conseil général statuera également sur toutes les autres difficultés que pourrait rencontrer la mise en pratique de l'assistance médicale dans toutes les communes du département.

<h3 align="center">ART. 6</h3>

La liste des indigents de chaque commune, admis à l'assistance médicale, sera dressée chaque année par les soins du bureau de bienfaisance, ou, à défaut, par les soins de la Commission communale d'assistance, établie en vertu de l'article précédent.

Cette liste, préparée pour l'année suivante, sera soumise à la délibération du Conseil municipal dans sa session de novembre. Elle sera ensuite transmise à la Commission départementale du Conseil qui l'arrêtera définitivement.

Dans les cas urgents, il pourra être fait des additions à la liste; il pourra également y être fait des retranchements, dans le courant de l'année, sur la proposition du maire, du curé, du médecin ou d'un membre du Bureau de bienfaisance, ou de la Commission communale d'assistance.

<h3 align="center">ART. 7</h3>

Il sera délivré par le maire à chaque indigent inscrit sur la liste une carte nominative. Sur la présentation de cette carte, l'indigent, qui en est muni, sera admis à consulter le médecin ou l'un des médecins de l'assistance.

En cas de maladie exigeant la visite du médecin, un bon de visite sera délivré à l'indigent inscrit soit par le maire, soit par un membre du Bureau de bienfaisance ou de la Commission qui en tiendra lieu.

ART. 8

En cas d'accident ou de maladie exigeant une opération grave lorsqu'un indigent malade est sans famille ou lorsqu'il n'est pas possible qu'il reçoive à domicile les soins suffisants, l'admission du malade à l'hôpital le plus voisin pourra avoir lieu sur la demande du médecin traitant.

ART. 9

Il sera créé dans chaque canton un comité d'assistance médicale composé :

1° Du membre du Conseil général du canton, président ;

2° Du médecin ou d'un délégué des médecins de l'assistance du canton ;

3° D'un délégué du Bureau de bienfaisance ou de la Commission d'assistance de chacune des communes du canton ;

Les attributions de ce comité seront :

1° De surveiller le fonctionnement de l'assistance médicale dans toutes les communes du canton ;

2° De donner son avis sur la répartition, entre les communes ou les circonscriptions d'assistance médicale, composées de plusieurs communes mutualisées, des subventions du département et de l'État ; sur les inconvénients et les avantages des systèmes d'assistance médicale adoptés ; sur les règlements faits ou à faire pour l'assistance médicale dans chaque circonscription ; sur la création des dispensaires, des dépôts de médicaments, sur la désignation des hospices où doivent être reçus les malades de chaque circonscription ; sur les tarifs des soins médicaux et des prix des médicaments ; sur toutes les questions intéressant le fonctionnement de l'assistance médicale dans le canton.

Ce comité adressera tous les ans, au Conseil général, pour la session d'août, un rapport sur les questions ci-dessus indiquées et sur la situation du service de l'assistance médicale dans e canton.

ART. 10

Le Conseil général, dans la session d'août, réglera la répartition des subventions du département et de l'État, entre les communes ou les circonscriptions d'assistance médicale formées de plusieurs communes mutualisées. Il fixera les modes de rémunération des médecins, ainsi que le taux de rétribution des soins médicaux et des accouchements ; il arrêtera les listes des médicaments à l'usage de l'assistance, ainsi que le tarif des prix auxquels ces médicaments devront être fournis aux indigents ; il avisera à ce que des traités soient passés dans ce but avec les pharmaciens, et à ce que, dans les communes ou circonscriptions dans lesquelles il n'existe pas de pharmacien, les médicaments soient fournis par les médecins, conformément au tarif fixé.

ART. 11

Les accouchements seront pratiqués par les médecins ou les sages-femmes de la circonscription médicale d'assistance. En cas d'accouchement difficile, la sage-femme appellera le médecin chargé de la famille et qui devra répondre à cet appel.

ART. 12

La vaccination des enfants indigents fera partie du service de l'assistance médicale.

Voici maintenant le texte soumis à la discussion publique, en 1877, avec les modifications apportées par les commissions de l'Assemblée nationale et de la Chambre des députés :

ARTICLE PREMIER

Dans tous les départements, l'assistance à domicile des indigents malades sera organisée pour chaque commune conformément aux dispositions de la présente loi.

ART. 2

Dans les communes où existent des bureaux de bienfaisance ou des commissions de charité, les bureaux ou les commissions, réunis au Conseil municipal de la commune, dresseront tous les ans la liste nominative des indigents admis aux secours médicaux.

Dans les communes dépourvues de bureau de bienfaisance ou de commission de charité, le Conseil municipal sera chargé de la confection de la liste.

Le médecin ou un délégué des médecins appelés à faire le service de l'assistance dans la commune assistera avec voix délibérative à la réunion.

La liste sera communiquée au Préfet, qui la soumettra à la commission départementale.

Cette liste sera revisée tous les trois mois.

ART. 3

Les conseils généraux devront, dans chaque département, organiser les secours d'assistance médicale et pharmaceutique, de manière à ce qu'ils soient assurés pour chaque commune.

Ils arrêteront à cet effet des règlements qui détermineront le mode d'organisation et de fonctionnement de ce service. Les règlements pourront ne pas être uniformes pour les divers cantons du département.

Les conseils d'arrondissement, les associations médicales, les conseils d'hygiène et les conseils municipaux intéressés seront appelés à donner leur avis sur les règlements ci-dessus spécifiés.

Art. 4

En cas d'insuffisance des ressources spéciales de l'assistance et des ressources ordinaires de leur budget, les communes seront tenues de s'imposer, jusqu'à concurrence de deux centimes additionnels, aux quatre contributions directes, pour leur part contributive aux dépenses prévues par la présente loi.

Art. 5

Les conseils généraux devront porter au budget des départements les dépenses de l'assistance médicale.

Les dépenses seront couvertes par les contingents communaux, ci-dessus fixés et par une contribution du département.

Les conseils généraux, à cet effet, en cas d'insuffisance des ressources des communes et en cas d'insuffisance des ressources ordinaires de leur budget, seront tenus de voter un centime départemental, additionnel aux quatre contributions.

Art. 6

L'Etat concourra aux dépenses du service dans la mesure qu'il jugera utile, au moyen de subventions allouées aux départements qui, après avoir épuisé le maximum des contributions spéciales, n'auront pu créer des ressources suffisantes pour l'organisation des services de l'assistance médicale.

Art. 7

Il sera pourvu par un règlement d'administration publique aux dispositions nécessaires pour l'exécution de la présente loi.

La discussion de ce projet, en seconde lecture, s'ouvrit à la tribune, le 20 février 1877. Personne ne contesta directement le principe de l'obligation légale sur lequel le projet était fondé; on n'en contesta pas davantage les dispositions organiques essentielles. Les objections portèrent principalement sur ses conséquences financières et sur la grave atteinte qui serait portée aux budgets des communes par un nouvel impôt, venant s'ajouter à tous ceux qui grèvent déjà les budgets si pauvres en général dans les campagnes. Le ministre des finances appelé à la tribune, fit la déclaration suivante : « Que vous demande-t-on ? on vous demande de créer un impôt nouveau sous forme de centimes extraordinaires et, par conséquent, d'appauvrir encore les facultés contributives des communes. Vous allez vous prononcer ; mais j'ai le devoir de vous dire que la loi qui vous est proposée peut porter atteinte à la situation financière de l'Etat ».

En réponse à ce langage empreint d'exagération, nous nous efforçâmes de ramener la question à ses proportions financières exactes et d'établir que les conséquences budgétaires de l'obligation pouvaient être mesurées d'avance, et qu'elles ne pouvaient exercer ni sur les finances de l'état, ni sur celles des départements et des communes, l'influence redoutable dont la menace venait d'apparaître à la tribune. Le coup porté par la main du gouvernement n'en fut pas moins mortel au projet de loi. Un amendement (amendement de Sonnier) intervint, qui substituait, pour les communes, la *faculté* à *l'obligation* de s'imposer. La Commission consentit à accepter le renvoi de cet amendement, et le 22 mai 1877, M. Richard Waddington déposait un rapport supplémentaire, avec un projet de loi dont le premier article était ainsi conçu :

« Les conseils municipaux qui voudront organiser l'assistance des indigents malades, pourront, en cas d'insuffisance des ressources spéciales de l'assistance et des ressources ordinaires de leur budget, voter deux centimes additionnels aux quatre contributions directes et en affecter le produit à ce service ».

Un projet de loi réduit à ces termes, méritait le sort qu'il a eu, c'est-à-dire d'être abandonné, même par ses auteurs qui avaient consenti à défigurer à ce point la proposition primitive de 1872.

Ce coup d'œil sur le sort de la question qui nous occupe, dans le Parlement, auquel il s'agit aujourd'hui d'en demander encore la solution, permet de reconnaître que les conclusions admises par le Conseil supérieur de l'assistance publique n'apportent aucune donnée nouvelle, et qu'on n'y trouve aucune disposition dont la valeur pratique soit sérieusement contestable.

Le principe de l'obligation légale à imposer aux communes, pour qu'elles assurent les secours médicaux et pharmaceutiques aux indigents atteints de maladies aiguës ou accidentelles ; en cas d'insuffisance de la circonscription communale, le groupement de plusieurs communes en circonscription d'assistance médicale; l'intervention du Bureau de bienfaisance ou d'un comité d'assistance dans le fonctionnement du service, notamment dans la confection et la surveillance de la liste des indigents; les mesures propres à assurer l'hôpitalisation des malades dans certains cas exceptionnels; le respect de l'autonomie communale partout où la commune ou un syndicat de communes suffit, avec ses ressources propres, à la création et au fonctionnement du service : sur tous ces points les esprits ont été généralement d'accord; l'expérience semble avoir prononcé et il n'y a pas lieu de redouter des controverses sérieuses. Les véritables difficultés sur le terrain législatif ont été les difficultés financières: l'impossibilité d'organiser l'assistance médicale, dans presque toutes les communes qui en sont dépourvues, avec les seules ressources du budget communal, et la difficulté de régler et faire accepter la participation du département et de l'état aux frais d'établissement du service, à son fonctionnement et à son contrôle. Ces questions sont d'importance majeure. C'est sur elles que s'est décidé en 1877 le sort de la proposition de loi du 9 juillet 1872, et on peut prédire que c'est de leur solution que dépendra le sort de tout projet de loi futur. Elles semblent donc devoir être de la part du Congrès l'objet d'une attention paticulière.

On a dû remarquer que la question financière est réglée différemment dans les articles soumis aux assemblées législatives et dans ceux que le Conseil supérieur d'assistance publique a adoptés. Dans le système de la proposition de 1872, la Commune, le département et l'État sont appelés à contribuer à l'assistance médicale, et ces deux dernières contributions sont obligatoires comme la première, lorsque celle-ci se trouve insuffisante faute de ressources. Lorsqu'en effet les ressources spéciales de l'assistance et les ressources ordinaires du budget communal ne suffisent pas pour organiser et faire fonctionner le service, la commune doit s'imposer jusqu'à concurrence de deux centimes additionnels au principal des quatre contributions directes et, si cette contribution ne suffit pas, le département est appelé à contribuer, d'abord sur ses ressources ordinaires et, en cas d'insuffisance, jusqu'à concurrence du montant d'un centime additionnel départemental sur les quatre contributions. Pour les départements où la double contribution communale et départementale ainsi réglée ne suffit pas, le budget de l'état fournit un secours calculé de façon à assurer le fonctionnement du service.

D'après le projet voté au Conseil supérieur, la charge entière pèserait sur les communes et sur le département, et, de même que pour le service des aliénés, c'est le conseil général qui fixerait à son gré la part contributive des communes. Cette contribution pourrait leur être imposée d'office. Le texte primitif de projet qui figure à la suite du rapport de M. Dreyfus-Brissac, donnait, de même que la proposition de loi de 1872, une triple origine au budget de l'assistance médicale, à savoir : le contingent communal, fixé par le conseil général ; une subvention du département et une subvention de l'État, s'il y a lieu. Nous regrettons que ce dernier élément ait disparu dans les résolutions votées par le Conseil supérieur.

En somme, d'après la proposition de loi de 1872, l'autonomie de la commune était plus sauvegardée, la contribution communale était réglée par la loi et non soumise à l'arbitraire du conseil général. Celui-ci n'était appelé à intervenir qu'en cas de résistance d'une commune à l'application de la loi. « La première des règles générales à poser, était-il dit dans l'Exposé des motifs, consiste dans la liberté qu'il faut reconnaître aux communes de choisir la forme ou le système qui leur convient le mieux pour assurer les secours médicaux à leurs indigents ; cette liberté ne doit avoir d'autre limite que celle des intérêts plus généraux qu'elle pourrait léser. Ainsi lorsque l'organisation de l'assistance dans un département ou un canton exigera, et ce sera le cas le plus fréquent, que plusieurs communes se groupent ensemble pour former une circonscription, il ne saurait dépendre d'une seule commune d'empêcher cette organisation de fonctionner. Si l'entente ne s'établissait pas entre les communes, celles-ci devraient être appelées à prendre une nouvelle délibération et, le désaccord persistant, le conseil général serait appelé à prendre une décision applicable aux communes d'une même circonscription d'assurance médicale. »

L'intervention et le contrôle de l'État dans le fonctionnement des services locaux n'était l'objet d'aucune disposition particulière dans le programme législatif de 1872.

Dans le système admis par le Conseil supérieur, les communes qui justifient remplir d'une manière complète leur devoir d'assistance envers leurs indigents malades, peuvent seules conserver une certaine liberté d'action. Elles peuvent, d'après l'article 18 des résolutions adoptées, *être autorisées par une décision spéciale du ministre de l'Intérieur, rendue après avis du Conseil supérieur, à avoir une organisation spéciale.* » Ces cas exceptés, les communes sont soumises à l'application d'un règlement, fait par le conseil général, soumis à l'approbation du ministre de l'Intérieur et qui détermine le mode de fonctionnement du service.

L'article VIII ajoute qu'au « *cas où un département n'aurait pas, dans un délai fixe, organisé son système d'assistance, le gouvernement doit lui imposer d'office un règlement.* »

Ainsi, d'après le système le plus récemment proposé, le conseil général exercerait, sous le contrôle du ministre de l'Intérieur, une sorte d'omnipotence sur les communes dont les ressources ne suffisent pas aux frais du service et l'État aurait la haute main sur ces services, sans prendre aucune part à leur dépense.

Nous n'avons pas à examiner les critiques auxquelles ces systèmes différents peuvent prêter. Autrefois nous avons cherché à établir que pour opérer une répartition équitable de la charge sociale qu'impose l'assistance médicale des indigents, il est indispensable de faire appel d'abord à la commune, ensuite au département et enfin à l'État. « L'expérience, comme le raisonnement, disions-nous, démontrent qu'on ne peut faire mieux que d'appliquer à l'assistance médicale, considérée comme institution publique, les règles qui ont servi pour doter le pays de l'instruction primaire et de la viabilité vicinale; pour l'assistance médicale, comme pour les deux grands services que nous venons de nommer, c'est le groupe communal qui est le premier intéressé. Vis-à-vis de l'indigent malade, comme vis-à-vis de l'enfant à instruire, la commune est plus particulièrement dans la situation du père de famille qui doit aide aux membres de celle-ci. Ces règles ont été celles de nos législateurs depuis la loi du 24 vendémiaire an XI... En fait, aujourd'hui, l'indigent, qu'il soit sain ou malade, reste à la charge de la commune et l'on sait à quel point dans beaucoup de communes les ressources sont en disproportion avec une telle charge. C'est de ce fait capital, l'insuffisance des ressources communales, que naît la nécessité, toutes les fois que cette insuffisance est constatée, de recourir aux groupes supérieurs du département et de l'État, lesquels, à coup sûr, ne peuvent pas plus se désintéresser qu'en matière d'instruction primaire ou de viabilité vicinale... »

Le Congrès aura, comme nous l'avons dit déjà, à examiner ces questions avec une attention particulière, non seulement en ce qui concerne les ménagements dus aux droits et plus encore à la situation financière des communes, mais encore en ce qui a trait à la participation de l'État à la dépense, surtout lorsque l'État semble devoir être appelé à la direction supérieure du service.

Quelle que soit la résolution finale du Congrès sur ces points, il est une dernière question à laquelle il ne saurait se soustraire, parce qu'on la voit surgir inévitablement chaque fois, qu'en présence de la nécessité d'ajouter une charge à celles qui pèsent sur les communes, on se voit, faute de ressources, réduit à l'impuissance : nous parlons de la création, pour les budgets communaux, de ressources nouvelles spéciales à l'assistance médicale des indigents. Cette question prêterait à de longs développements; nous croyons que notre tâche se borne à la poser. Les plaintes anciennes, persistantes, auxquelles donne lieu la disproportion entre les ressources et les charges des budgets communaux, sont particulièrement fondées et légitimes de la part des communes rurales, écrasées, de plus en plus, sous le poids des dépenses imposées par nos lois récentes, en particulier par nos lois scolaires et par les progrès mêmes de la vicinalité. Quelque reproche que l'on puisse adresser aux lois somptuaires, leur principe n'est pas très sérieusement contesté lorsqu'il s'agit de pourvoir aux besoins, ou même, comme dans le cas actuel, aux nécessités de l'assistance. En fait, les taxes établies dans ce but, n'ont servi jusqu'ici qu'aux grandes villes et aux riches communes, et n'est-il pas équitable, opportun et urgent de créer des ressources analogues au profit des communes pauvres, incapables de pourvoir à l'assistance de leurs indigents malades? On a proposé de leur attribuer une part dans le produit des permis de chasse ou de pêche, de l'impôt sur les voitures de luxe, sur les billards, etc. On a proposé, pour les communes qui n'ont pas de théâtres, de créer une taxe spéciale d'assistance sur les fêtes publiques et sur les jeux forains qui vont se multipliant d'année en année. Il y a là une matière imposable à trouver, qui peut être raisonnablement appropriée aux besoins de l'assistance médicale et qui permettrait aux communes rurales d'assumer sinon totalement, au moins pour la plus large part, la charge de cette assistance nécessaire.

Imprimerie Edmond Monnoyer.

www.ingramcontent.com/pod-product-compliance
Lightning Source LLC
LaVergne TN
LVHW050431060726
842526LV00007B/2531